D0637247

EL BARCO DE VAPOR

Las hadas verdes

Agustín Fernández Paz

Ilustraciones: Asun Balzola
Patricia Garrido

Primera edición: marzo 2000
Decimoséptima edición: noviembre 2009

Dirección editorial: Elsa Aguiar
Traducción del gallego: Rafael Chacón

Título original: *As fadas verdes*
© Agustín Fernández Paz, 2000
© Ediciones SM, 2000
    Impresores, 2
    Urbanización Prado del Espino
    28660 Boadilla del Monte (Madrid)
    www.grupo-sm.com

ATENCIÓN AL CLIENTE
Tel.: 902 12 13 23
Fax: 902 24 12 22
e-mail: clientes@grupo-sm.com

ISBN: 978-84-348-7078-9
Depósito legal: M-40309-2009
Impreso en España / *Printed in Spain*
Orymu, SA - Ruiz de Alda, 1 - Pinto (Madrid)

Cualquier forma de reproducción, distribución, comunicación pública o trans-
formación de esta obra solo puede ser realizada con la autorización de sus titula-
res, salvo excepción prevista por la ley. Diríjase a CEDRO (Centro Español de
Derechos Reprográficos, www.cedro.org) si necesita fotocopiar o escanear algún
fragmento de esta obra.

A mi madre

1

COMO todas las mañanas, Diana abrió la ventana de su habitación y miró los campos que se extendían alrededor de la casa. Un día más, lo que vio fueron las tierras áridas y los prados resecos, en los que la hierba hacía ya tiempo que había dejado de ser verde. Tan sólo el monte del Castro, recortándose en el horizonte, conservaba los colores que estaba acostumbrada a ver: el verde oscuro de la ladera, ocupada por los pinos, y los verdes claros y alegres de la parte alta, por donde se extendía el bosque de robles y castaños.

La niña miró después hacia el cielo, todo azul, en el que no había ni siquiera la más pequeña nube. Todavía era temprano, pero el sol brillaba ya con intensidad, anunciando que también aquel día la temperatura sería muy alta.

«Otro día de calor», pensó Diana. Casi sin querer, le vino a la memoria la conversación de la noche anterior, mientras cenaban todos en la cocina, cuando su abuela había dicho que no se acordaba en todos los años de su vida de un verano como aquél, con un calor tan sofocante y con tantos días sin llover.

—El calor se aguanta bien, mamá. Y algún día tendrá que venir el agua, este tiempo no va a durar siempre —le había contestado el padre de Diana—. Todo va bien mientras no suceda una desgracia.

Y después, con ojos sombríos, había añadido:

—Los pinos están muy resecos, no sé qué puede suceder si sigue sin llover. Hoy he pasado por allí, y era lo mismo que caminar por dentro de un horno.

—No haberlos plantado, que bien te avisé —respondió la abuela—. ¿Qué mal te hacían los castaños y los robles?

—Eso no da dinero, mamá. Y los pinos, sí. Los pinos crecen muy rápido y los pagan bien —la voz de su hijo sonaba algo irritada, como si le molestase tener que hablar de aquello—. Además, queda bastante bosque, llega y sobra con el que hay.

Después, se levantó y salió para ir a ver las vacas, como hacía todas las noches antes de acostarse todos. Entonces Diana le preguntó a su madre:

—¿De qué desgracia habla papá?

—Del fuego, hija mía, del fuego. Papá tiene miedo de que, con tanto calor, el fuego prenda en el monte del Castro y se quemen todos los pinos jóvenes.

—¡Pero entonces, si se queman los pinos, también pueden quemarse los otros árboles!

—No, hija mía, no —la tranquilizó su madre—. El bosque de robles y castaños es diferente: conserva muy bien la humedad, no se quema así como así.

—Tiene razón tu madre —añadió la abuela—. Nunca en mi vida vi arder un bosque así, y eso que ya tengo mis años. Aunque ahora está todo muy seco, cualquiera sabe lo que puede hacer el fuego.

A Diana se le encogió el corazón al escuchar aquellas palabras. No quería que se quemase el pinar, no quería ver triste a su padre. Pero mucho menos quería que se quemasen los árboles del monte, el bosque tan querido, el lugar por donde ella andaba y jugaba siempre que podía.

Ahora, con la luz de un nuevo día, todo era diferente; incluso parecía imposible la preocupación que habían despertado en ella las palabras de la noche anterior. Desde la ventana, el bosque era sólo una extensa mancha verde en el paisaje. Pero Diana conocía bien todos los secretos que encerraba aquel lugar que siempre la había fascinado, desde que tenía memoria, desde las pri-

11

meras veces que había entrado en él, de la mano de sus padres o de su abuela.

El bosque era como un continente que ella había ido descubriendo poco a poco. Podía cerrar los ojos y, mentalmente, recorrer la red de senderos que, como venas diminutas, lo atravesaban en todas las direcciones, o llegar hasta los lugares más escondidos, como la pequeña fuente en la que nacía el arroyuelo que pasaba cerca de la casa, ahora casi sin agua. Sabía cuáles eran los lugares preferidos por las ardillas, dónde encontrar las moras más sabrosas, qué castañas daba cada castaño al llegar el otoño...

Hacía ya más de un año que la dejaban ir sola. Y Diana, siempre que podía, subía el camino que la llevaba hasta aquella arboleda que ejercía sobre ella una atracción tan poderosa. Allí, caminando entre los árboles, que, al juntar sus copas, formaban un techo protector, se sentía tan libre y solitaria como un robinsón en su isla desierta, como si habitase en un reino secreto que sólo a ella le pertenecía.

2

Una noche, Diana se despertó de repente. Sintió pasos apresurados en la escalera, las voces excitadas de sus padres, el ruido de puertas que se abrían y cerraban con estruendo. Y escuchó también un fragor que venía de afuera, un ruido sordo que le pareció feroz y cargado de presagios. Además, a través de las rendijas de la persiana entraba una claridad extraña, que iluminaba la habitación con una luz especial y que proyectaba sombras inquietantes en la pared.

Se levantó y fue corriendo a la ventana, que había dejado abierta por el calor. Asustada, subió la persiana, adivinando ya el espectáculo que iba a ver. Frente a ella, el monte del Castro ardía como si fuese una hoguera de gigantes. El fuego iluminaba el cielo en un insólito amanecer, y las llamas, elevándose entre las nubes de humo, parecían fantasmas rojos que devoraban los árboles que encontraban. El aire traía hasta la niña el crepitar de la madera ardiendo y el calor de las llamas que avanzaban imparables, amenazando acabar con todo. Y traía también el sonido de las campanas de la iglesia, que extendían por toda la parroquia la amenaza del fuego.

Diana se vistió a toda prisa y bajó a la cocina. Allí estaban sus padres, así como otros vecinos que habían venido

a ayudar a contener el fuego. Y también su abuela, sentada en silencio en una esquina de la mesa. La niña vio la preocupación en los rostros de todos. Hablaban a gritos, excitados y nerviosos, mientras se preparaban para enfrentarse a aquel incendio devorador.

—¡El Castro ya no tiene remedio, arde por todos los lados!

—¡Tenemos que conseguir que el fuego no se extienda!

—¡Venga, vamos allá!

—Vosotras quedaos aquí, no se os ocurra salir afuera —les dijo el padre a Diana y a la abuela—. Nosotros vamos a ver lo que podemos salvar.

Cuando todos se fueron, las dos subieron a la habitación de la niña. Se les había ido el sueño y no podían hacer otra cosa que esperar. Desde la ventana, veían cómo las llamas iban consumiendo los árboles del monte, provocando un humo espeso y gran cantidad de cenizas que volaban encendidas por el cielo como una lluvia de estrellas fugaces. Hasta ellas llegaban las voces de los vecinos que intentaban oponerse al avance del fuego, y llegaban también el calor y el humo que producía el incendio en su avance victorioso.

—Nunca debimos plantar esos pinos —comentó la abuela, como hablando para sí—. Mira que se lo dije muchas veces, pero tu padre es muy terco.

—¿Por qué dices eso, abuela? ¿Qué había donde están ahora los pinos?

—Tú no puedes acordarte, porque aún no habías nacido. Antes, los robles y los castaños ocupaban toda la ladera del monte, llegaban incluso hasta donde comienzan los prados. Y ya podía venir cuanto calor quisiera, que nunca hubo un incendio.

—Pero entonces, si los robles y castaños no arden, el bosque del Castro va a quedar como estaba. ¿No es así, abuela?

—Dios te oiga, hija mía. Aunque, si el fuego llega también hasta allí, va a ser muy difícil de parar.

Estuvieron toda la noche asomadas a la ventana, viendo las llamas avanzar imparables hacia la cima del monte, como un ejército de fuego que intentaba conquistarlo todo. Seguían escuchando las voces alborotadas de la gente, pero se veía muy bien que aquél era un combate desigual, que sólo podía tener un ganador.

Empezaba a amanecer cuando Diana, cansada de pelear por mantener los ojos abiertos, dejó que su abuela cerrase la ventana, la ayudase a meterse en la cama y apagase la luz. Un momento después, la niña estaba ya profundamente dormida.

3

Cuando despertó, era más de medio-
día. La casa entera estaba en silencio, y
Diana supuso que todos debían de estar
dormidos, descansando después de una
noche tan dura y fatigosa.

La niña saltó de la cama y corrió a
la ventana. Subió la persiana, impacien-
te, y dirigió la vista con temor hacia el
monte del Castro. Lo que vio era muy
distinto del terrible espectáculo de la
noche anterior, aunque quizá más an-
gustioso. Ya no había llamas, pero aún
se podían ver por todas partes delgados

hilos de humo elevándose en el aire. Los troncos de los pinos parecían ahora un ejército de esqueletos negros, dominando una tierra tan vacía de vida como un paisaje lunar.

La cima del monte, sin embargo, seguía cubierta por una gran mancha verde. El bosque había resistido los ataques del fuego, aunque, ladera abajo, se distinguían algunos robles con los troncos negros y las ramas medio quemadas.

Diana bajó las escaleras de dos en dos y salió al patio. Deseaba correr hacia el bosque, comprobar de cerca hasta dónde habían llegado los efectos del fuego. Pero vio a sus padres, que volvían del establo de las vacas, y no se atrevió a pedirles permiso para ir. Tendría que esperar una ocasión mejor.

—Pensaba que estabais durmiendo

—dijo la niña—. ¿Habéis visto cómo ha quedado todo?

Su padre la miró con cara de cansancio, y entró a la casa sin decir nada. Su madre le pasó el brazo por los hombros y la condujo hacia el banco de piedra. Se sentaron en él las dos, en silencio. Algo después, Diana le preguntó:

—¿Está enfadado papá?

—Enfadado, no, hija mía; tu padre está muy cansado. Es mejor que no le digas nada. Está pasando una temporada muy mala: primero, la multa por lo de la leche, y ahora, esto. Si te regaña alguna vez, no se lo tomes a mal; tienes que entender lo que le pasa.

La madre acariciaba la cabeza de la niña, y la estrechaba contra sí. Diana, señalando hacia el monte, le dijo:

—¿Has visto? El bosque de robles y

castaños no se ha quemado; tenía razón la abuela.

—No se ha quemado, no. Pero del pinar no queda nada. Da pena verlo.

—Me gustaría saber cómo están los árboles del bosque. ¿Me vas a dejar subir hoy?

—¡Ni se te ocurra, Diana! Papá me dijo que te avisase, que aún quedan brasas por muchos sitios y puede haber peligro de que te quemes. Deja que pasen algunos días, te sobrará tiempo para subir.

AQUEL día comieron en silencio, y Diana, viéndolos a todos tan serios, no se atrevió ni a abrir la boca. Después de comer, sus padres se fueron a echar una cabezada: eran muchas las horas que llevaban en pie; la abuela se quedó en la cocina, disponiéndolo todo.

Cuando las dos estuvieron a solas, Diana se acercó a su abuela. Hizo que se sentase otra vez y le contó las ganas tan grandes que tenía de ver el bosque, así como la prohibición de su padre.

—Pero tú me ayudarás. ¿Verdad, abuela? Papá está durmiendo, y no tiene por qué saberlo. Y, si se despierta y pregunta por mí, le dices que he ido a casa de María. ¿Vale?

—¡Diablo de chiquilla, qué lianta eres! —respondió la abuela riendo por lo bajo—. Anda, vete, pero no tardes. Si vienes pronto, me libras de tener que decir una mentira.

Diana se levantó de inmediato, casi sin escuchar las últimas palabras de su abuela. Cuando se vio fuera de la casa, atravesó la huerta y echó a correr hacia el camino que sube hasta el Castro. No tardó en llegar al final de los prados, donde ya comenzaba la zona quemada. Era un escenario terrible, mucho peor de lo que había imaginado. A uno y otro lado del camino todo el suelo estaba cubierto por una fina capa de ceniza, como si una nieve negra lo tapase todo. No había hierba ni flores, ni tampoco saltamontes o mariposas azules que se moviesen a su paso. Sólo se veían piedras ennegrecidas, ramas quemadas que aún humeaban entre la ceniza, y los troncos calcinados de los pinos.

Tardó algún tiempo en darse cuenta del extraño silencio que la acompañaba mientras ascendía. No se escuchaba ninguno de los pequeños ruidos a los que estaba tan acostumbrada, aquella algarabía sorda de los insectos que vivían entre las hierbas. Se asustó al comprobar que tampoco se oía el canto de pájaro alguno. Era como si toda la vida hubiese desaparecido de aquel lugar.

Siguió avanzando, con el corazón encogido, apurando el paso para llegar pronto al bosque. Cuando por fin dejó atrás el espacio que antes ocupaban los pinos, el panorama comenzó a cambiar. También había allí robles, y castaños, y fresnos con los troncos quemados o renegridos, y el suelo estaba recubierto por la nieve negra que el fuego había dejado. Pero los efectos del incendio eran menores; parecía como si allí los árboles opusiesen más resistencia y acabasen ganando la batalla a las llamas.

Diana lo observaba todo y comprobaba los desastres de la quema. Las ramas más jóvenes aparecían mustias, con las hojas secas como si ya se hubiese adelantado el otoño. Pero, a medida que se internaba en el bosque, las huellas del fuego eran cada vez menos visibles.

Se echó a andar por el sendero que llevaba a la fuente, ya en el corazón del bosque. Allí, sólo algunas zonas de hierba, agostadas por el bochorno, recordaban el drama de la noche anterior. Todo parecía estar tan tranquilo y tan vivo como otros días.

En un momento dado, le pareció ver que algo se movía a su izquierda, cerca del tronco de un castaño. Pensó que sería una ardilla, pero muy pronto desechó la idea, porque no había sido un movimiento ágil y nervioso como los de estos animales. Seguramente las ardillas habían huido por la presencia del fuego y aún tardarían en volver. La niña sintió un súbito miedo ante lo desconocido. ¿Y si se trataba de una culebra o una comadreja?

Retrocedió unos pasos, asustada, pero después pudo más su curiosidad. ¿Y si era un conejo herido a causa del incendio? ¿Lo dejaría morir allí, sin que nadie lo socorriese? Por si acaso, cogió una vara y, con precaución, se acercó al lugar donde le había parecido ver que se movía un animal.

Cuando rodeó el árbol y pudo observar lo que había al otro lado, Diana soltó la vara y dejó escapar una intensa exclamación de asombro. Estaba desconcertada, sin saber qué pensar de lo que sus ojos veían. ¿Qué era aquello que tenía delante?

4

DIANA se quedó parada, con la boca abierta, porque nunca en su vida había visto nada como lo que ahora contemplaba. No era un animal, pero tampoco podía ser una persona. Aunque quizá se pudiera decir que lo era, si en algún lugar existiesen personas tan diminutas como aquélla. Porque lo que Diana tenía enfrente más se asemejaba a una mujercita tan pequeña como una muñeca, con el cuerpo tan chamuscado que parecía una rama de árbol abrasada por el fuego. El pelo largo, que en otro tiempo debió de ser rubio, estaba ahora cubierto por una pátina de ceniza gris.

La niña se aproximó todavía más y se arrodilló frente a aquel ser diminuto, para poder verlo mejor. La mujercita parecía inquieta e intranquila, y se arrimaba al tronco del castaño, en un intento imposible por ocultarse de la mirada de Diana.

Durante unos instantes, la niña vio que el cuerpo de aquel ser se desvanecía y se volvía transparente, como si fuese una imagen a punto de desaparecer en el aire. Se restregó los ojos, con el temor de que todo aquello que le pasaba fuese una ilusión, y volvió a mirar.

Pero no era un espejismo. Aquella mujer diminuta seguía siendo real, y estaba a tan poca distancia de ella que incluso podría tocarla con tan sólo estirar el brazo. La mujer tenía en el ros-

tro una aguda expresión de dolor, y parecía que en cualquier momento podría echarse a llorar.

Diana ya no sabía qué pensar, asustada por todo lo que le estaba ocurriendo. Pero su sorpresa aún fue mayor cuando escuchó la voz de aquel extraño ser:

—¿Me ves? ¿Me estás viendo? —había un tono de angustia en aquella voz aguda y musical.

—Sí, claro. ¿Por qué no te iba a ver? —acertó a responder la niña.

—¡Oh, qué desgracia, qué desgracia! ¡Ni siquiera la invisibilidad me funciona! Y, sin mis alas, no puedo moverme de aquí. ¡Esto es el fin!

El rostro de aquel ser aparecía ahora marcado por un gesto de tristeza y desesperación, que, enseguida, dio paso a un intenso llanto. Lloraba, estaba llorando como una fuente. Diana extendió el brazo, intentando consolarla.

—¡Déjame! —la mujer quiso retroceder, pero el árbol se lo impedía—. Ya basta con que me veas, estoy violando todas las reglas de mi mundo. ¡Nunca un humano pudo ver a ninguna de nosotras! ¡Y, para colmo, tú quieres tocarme!

Aquel ser seguía hablando solo, entre sollozos, como si no le preocupara que Diana estuviese allí:

—Es el fin, ya lo veo. Quizá sea mejor así. El palacio de cristal está hecho añicos sin remedio. ¿Qué sentido tiene que me quede aquí, después de la desaparición de mis hermanas? También yo me desintegraré; es mejor que se cumpla el destino cuanto antes. Deshacerse, volver a la tierra, dejar...

Pero el discurso de la mujer quedó

interrumpido porque, de súbito, la fuerza interior que la mantenía en pie pareció desaparecer. Dejó escapar un lamento, cerró los ojos y quedó tendida en la hierba. Era como si la vida abandonase aquel cuerpo diminuto para siempre.

Aunque Diana estaba muy asustada, la curiosidad que sentía pudo más que los deseos de huir de allí. Se acercó y, con todo el cuidado de que era capaz, cogió aquel cuerpo pequeño y delicado. Estaba frío como una piedra, y apenas pesaba nada.

Con él en los brazos, la niña corrió hacia una fuente próxima. Aunque se veían algunos restos de ceniza entre la hierba, probablemente traídos por el viento, hasta allí no había conseguido llegar la maldición del fuego. Todo aparecía tan acogedor como otras veces.

De la fuente tan sólo manaba un delgado hilo de agua, que corría entre dos piedras para formar después un pequeño charco en el suelo. Diana metió en él el cuerpo de la mujer, y lo lavó con el mismo mimo con que lavaba sus muñecas cuando jugaba con ellas mientras se bañaba.

Cuando estuvo limpia, la posó en la hierba dejando que le diesen los rayos de sol. Se sentó a su lado, esperando, sin saber bien qué hacer. ¿Quién sería aquella mujer diminuta? ¿Qué habría querido decir cuando hablaba de un palacio y de unas hermanas? ¿Le regañarían sus padres si la llevaba a casa? ¿Y si moría, como pasó con aquel gorrión que había encontrado herido? Tenía que esperar, necesitaba encontrar respuestas para tantas preguntas como le bullían dentro de la cabeza.

5

DIANA comenzaba a cansarse de estar allí, quieta, mirando aquel extraño cuerpo que tenía a su lado, inmóvil sobre la hierba. ¿Estaría muerta de verdad? Por fin, después de un largo rato de espera, la pequeña mujer comenzó a moverse y abrió los ojos.

—¿Sigues ahí? —miraba a Diana con los ojos muy abiertos—. ¿Todavía no me he desintegrado?

—Estabas hablando y te has desmayado —contestó la niña—. Pero te he traído a esta fuente y te he lavado toda. Parece que el agua te ha sentado bien.

—Me siento mejor, pero aún estoy muy débil. ¿Por qué no me traes un poco más de agua? Estoy seca, necesito beber con urgencia.

Diana fue a la fuente y llenó de agua el cuenco de sus manos. Luego las acercó a los labios de la mujer y le dio de beber. Tuvo que repetir la operación varias veces, porque parecía tener toda la sed del mundo. Y, a medida que bebía, el color gris de su piel se fue transformando en un tenue color verde.

—¡Gracias, hija! Noto cómo la vida corre otra vez dentro de mí. Ya me siento mejor.

Diana iba a contestar, pero, en aquel momento, llegó al bosque el sonido del reloj de la iglesia. La niña contó siete campanadas; era tarde, hacía ya tiempo que debía haber regresado a casa.

—Se me ha ido el tiempo, tengo que irme. Mis padres me van a regañar si descubren que he venido al bosque.

—¡Pero yo no puedo moverme, no puedes dejarme así! —el rostro de la mujer tenía una expresión de angustia—. ¡Podría matarme cualquier animal!

Diana quedó callada, sin saber qué decir. ¿Y si se llevase a aquel ser a su casa? Pero quizá sus padres acabarían por descubrirlo, y entonces todo se complicaría mucho más. Tenía que haber una idea mejor.

—¡Ya sé! —habló la mujer—. Un poco más adelante, hay un abedul que tiene un hueco en el tronco. Vivía en él una familia de ardillas, pero seguro que huyeron al ver el fuego. Es el lugar

40

perfecto para pasar la noche. Cógeme, y déjame allí.

Diana obedeció y tomó en sus brazos a aquel ser diminuto. Era una sensación rara al tacto: el cuerpo estaba casi tan frío como antes, a pesar de la exposición al sol. Siguiendo sus indicaciones, muy pronto encontró el abedul y también el hueco donde las ardillas habían hecho su madriguera. Quedaba un poco alto, pero, estirando bien los brazos, consiguió que la mujer se metiese dentro de él.

—Volveré mañana sin falta —le dijo Diana—. Tú no te muevas de ahí hasta que regrese.

—No podría; ya ves que necesito tu ayuda —la mujer asomaba su cabecita por el hueco—. Pero aún necesito más tu silencio. ¡No se te ocurra decir nada de esto a nadie!

Diana se despidió de la mujer y echó a correr por el camino. Salió del bosque y bajó otra vez el sendero que atravesaba el pinar. Cuando llegó a casa, sus padres ya se habían levantado. Como estaban en las habitaciones del piso de arriba, a la niña le dio tiempo de hablar antes con su abuela.

—¡Cuánto has tardado! ¡Mira que te he avisado! —le riñó la abuela en voz baja—. Les he dicho que habías ido con María al río. Así que no vayas a contar tú otra cosa.

—¡Gracias, abuela! ¡Te quiero mucho! —respondió Diana, abrazándola.

Hubo suerte, y sus padres no le preguntaron nada. Era evidente que estaban preocupados por las consecuencias del incendio, y quizá ni siquiera habían reparado en su ausencia. Esta vez, la niña agradeció que en la cena no se

hablase apenas, y que la mandasen pronto a la cama.

Ya en su habitación, con la luz apagada, Diana se pasó mucho tiempo sentada al lado de la ventana abierta. La oscuridad apenas dejaba ver los contornos del monte, la silueta de los árboles recortándose contra el cielo azul oscuro. En uno de ellos, en aquel abedul donde la había dejado, estaba el extraño ser que había encontrado horas antes. No era capaz de apartar de su cabeza las imágenes de aquella tarde, no sabía qué pensar de todo lo que le había ocurrido. ¿Quién era aquella mujercita con la que había hablado, aquella especie de muñeca verde que decía tantas cosas extrañas? ¿A qué se refería cuando hablaba de desintegrarse, o del palacio de cristal, o de sus hermanas?

Ahora, desde la distancia, le entraba

el temor de que quizá todo fuesen imaginaciones suyas. Era cierto que tenía tendencia a inventar cosas; muchas veces, sobre todo en invierno, cuando tenía que pasar tantas horas sola, jugaba a inventar historias y personajes con los que vivía toda clase de aventuras. Pero sabía que lo de hoy era verdad, no podía ser imaginado todo lo que había hablado.

Sintió que le entraba el sueño, que los ojos se le cerraban aunque luchase por mantenerlos abiertos. La noche anterior había dormido poco, con todo el ajetreo del incendio, y ahora era necesario descansar. Mañana por la mañana tendría que volver al bosque, necesitaba ver otra vez a aquel ser extraordinario. Se metió en la cama y, al poco tiempo, estaba ya dormida.

6

A la mañana siguiente, Diana se despertó temprano. Todavía tenía sueño, pero la excitación que sentía era más poderosa que su cansancio. El objetivo que dominaba su mente era conseguir acercarse al bosque en la primera oportunidad, aunque tuviese que decir otra mentira como la del día anterior.

Pero no fue necesario que contase ninguna mentira. Aquella mañana sus padres habían decidido acercarse a la ciudad, en la que tenían que hacer diversas compras, y no volverían hasta la hora de comer. Así que, en cuanto se fueron y las dos se quedaron solas, Diana fue corriendo a decirle a su abuela:

—Abuela, yo quiero ir al Castro hoy por la mañana. ¿Verdad que me dejarás? —había un tono mimoso en la voz de la niña—. Te prometo que estaré de vuelta mucho antes de la hora de comer.

—¡Diablo de chiquilla! ¿Y qué hay en el Castro que corra tanta prisa? ¿No te bastó con haber ido ayer? —contestó la abuela. Después, al ver la cara de desilusión de la niña, añadió—: Anda, ve, pero desayuna antes, no puedes ir sin comer nada. Y ya lo sabes, si no vienes a tiempo y te riñen, yo no pienso defenderte.

Diana se abrazó a ella, llenándola de besos. Hizo a toda prisa las labores que le mandó la abuela y, en cuanto acabó de desayunar, salió de la casa y se echó a correr por el sendero que llevaba al monte. Todo estaba chamuscado y sin vida como el día anterior, pero apenas se fijó en nada. Sólo pensaba en llegar cuanto antes al interior del bosque.

Una vez allí, se dirigió a la fuente en la que nacía el arroyuelo. Ya cerca de ella, la niña buscó el lugar en el que estaba el abedul del tronco hueco. No notó que se moviese nada, y, de golpe, todos sus temores se hicieron presentes. ¿Le habría pasado algo al extraño ser? ¿O habría huido y no volvería nunca? Quizá se hubiera desintegrado, como había dicho. ¿Sería eso lo mismo que morir?

Pero sus miedos desaparecieron muy pronto. Del hueco del árbol asomó la parte superior del cuerpo de la pequeña mujer, que la miraba con una mezcla de alegría y curiosidad.

—¡Temía que no volvieses nunca más! ¡Me he alegrado mucho cuando te he oído llegar! —la voz seguía siendo débil, pero había en ella una mayor firmeza—. ¡Vas a tener que ayudarme mucho, sólo tú puedes hacerlo!

—¿Qué te pasa? ¿Te sientes mal? —preguntó Diana, temerosa.

—Estoy algo mejor que ayer. Me sentó muy bien descansar toda la noche. Pero aún no tengo fuerzas para moverme.

—¿Qué quieres que te haga?

—¡Beber, necesito beber! —contestó la mujer, extendiendo los brazos hacia la niña—. Llévame a la fuente, anda.

Diana estiró los brazos y cogió a su diminuta amiga. Volvió a experimentar la misma rara sensación que el día anterior: aquella piel rugosa y delicada al mismo tiempo, aquel cuerpo frío, y aquel pelo, tan suave como el musgo que todos los inviernos recogía con su madre para hacer el belén.

Ya en la fuente, se agachó y colocó a la mujer de tal forma que ella sola pudiese beber del hilo de agua que se deslizaba entre las piedras. Cuando acabó, el pequeño ser le dijo:

—Ahora llévame a un sitio donde dé el sol, anda. Después de beber, lo que más necesito es sentir su calor.

Diana obedeció. Con ella en brazos, se dirigió hacia una roca recubierta de líquenes, acariciada ya por el sol de la mañana, y la acomodó en un pequeño hueco de la piedra. La niña se sentó a su lado, en un saliente que había un poco más abajo.

—¡Ay, aquí sí que estoy bien! Necesitaba sentir la energía del sol, eso sí que me da fuerzas —la cara de la mujer mostraba toda la satisfacción que sentía—. ¡Noto que la vida vuelve a estar dentro de mí!

Aquel extraño ser cerró los ojos y se dejó acariciar por el sol. Después de permanecer un buen rato en silencio, la niña se atrevió a hablar:

—Quería hacerte una pregunta, aunque no sé si querrás contestarme.

Como la mujer diminuta no decía nada, la niña añadió:

—Quiero saber quién eres. ¿Cómo es que nadie te ha visto nunca? ¿Y qué son todas esas cosas que dijiste ayer, lo del palacio, y lo de tus hermanas y todo eso?

Durante un tiempo, la mujer se quedó callada; tenía los ojos cerrados y una expresión seria en su cara. Cuando los volvió a abrir, miró a Diana y le contestó:

—Es normal que me lo preguntes; ya me extrañaba que tardases tanto. Además, creo que tengo que contártelo. De alguna manera, es algo que te debo.

—No me debes nada. Mi abuela dice que si le haces un favor a alguien no es para que te lo devuelva.

—Me gusta tu abuela, tienes que... —la mujer se calló y miró a Diana con ojos intranquilos; ahora había alarma en su expresión—. ¿No le habrás dicho nada de mí, verdad?

—No le he dicho nada a nadie. Te lo prometí, ¿te acuerdas? Pero quiero saber quién eres.

—Te lo diré, pero con una condición. Nadie debe saber nunca nada de lo que te voy a contar —la mujer tenía ahora el rostro muy serio, y había re-

52

calcado sus palabras con un tono especial—. Eres el primer ser humano que ve a una de nosotras. Y tienes que ser el último, nuestros mundos no se pueden mezclar. ¿Me lo prometes?

—Prometido. Palabra de honor —contestó la niña, también con expresión seria.

—Quizá ya lo imaginabas, quizá lo preguntas sólo para asegurarte —la mujer miró a Diana y sonrió—. Me llamo Goewín y soy un hada. Un hada verde, de esas que se encargan de cuidar de todos los bosques del mundo.

7

—¿Un hada? ¿Un hada verde?
—la expresión del rostro de Diana
mostraba con claridad todo el asombro
que sentía.

—Pues sí, un hada verde, de las que
vivimos en los bosques desde hace mi-
les de años. ¿No hay cuidadores de re-
baños? Pues nosotros somos las cuida-
doras de los bosques, las que nos en-
cargamos de que los árboles crezcan, de
que les nazcan hojas y frutos, de que
conserven el aire y el agua... En fin, de

que cumplan la función que tienen en la rueda de la vida.

—Pero tú has dicho que nadie os ha visto nunca. ¿Cómo puede ser eso? Y ayer hablaste de tus hermanas, aseguraste que se habían desintegrado. ¿Por qué no me lo cuentas todo?

—Te lo voy a contar, aunque supongo que no es fácil de entender para un humano —el hada hizo una pausa, como pensando en lo que iba a decir—. Verás, en cada uno de los bosques del mundo vive una familia de hadas verdes, encargadas de que los árboles sigan su ciclo vital. Mi familia se ocupa de este bosque. O se ocupaba, mejor dicho, porque ahora solamente quedo yo. Mis hermanas se desintegraron cuando luchamos para detener el fuego.

Una sombra de tristeza recorrió el rostro del hada. Se quedó en silencio,

como pensando en todo lo que acababa de decir. Diana permanecía callada, temerosa de interrumpir los pensamientos de Goewín. Por fin, después de unos minutos, la mujer continuó:

—Las hadas vivimos debajo de la tierra, en palacios de cristal que construimos cerca de las fuentes. Debajo de cada bosque hay una hermosísima ciudad subterránea. Te asombrarías si la pudieses ver. Allí vivimos, sobre todo en invierno. Porque desde la primavera al otoño pasamos casi todo el tiempo volando entre los árboles, cuidando de que las cosas vayan bien.

—¿Volando? Pero nunca os ha visto nadie; ni siquiera mi abuela, con lo viejecita que es. ¿Cómo puede ser?

—Volamos porque tenemos alas, así de sencillo. ¿O no te has fijado en mi espalda? —el hada giró el cuerpo, y entonces Diana pudo ver dos bultos, como nudos de árbol, en la parte superior—. Y nadie nos ve porque sabemos hacernos invisibles. Cuando estamos fuera del palacio, siempre somos invisibles, sobre todo durante el día. Así que ni los humanos ni los animales notan nuestra presencia.

—¿Y tu familia?

—Tengo... tenía muchas hermanas. Ahora solamente quedo yo.

Viendo la expresión del hada, Diana lamentó haber hecho aquella pregunta, pero ya no tenía remedio. Pasados unos instantes, Goewín movió la cabeza, como intentando apartar los pensamientos tristes, y continuó con su historia:

—Mis hermanas ya no existen, pasaron a formar parte otra vez del bosque; son ya sólo polvo, se desintegraron cuando luchamos contra el fuego.

»Lo del incendio fue horrible, no quiero ni acordarme de esa noche. Llevábamos ya varios días volando por el pinar, cuidando de que no ocurriese nada. Pero estaba todo muy seco, sabíamos que podía arder en cualquier momento.

»Cuando prendió el fuego, muchas estábamos durmiendo en el palacio de cristal. Salimos afuera y comenzamos a luchar contra el incendio, intentando detenerlo. Pero muy pronto vimos que las llamas se habían extendido con rapidez y que los pinos ya estaban perdidos. Entonces nos venimos todas al bosque y batallamos por atajar aquellas llamas, no podíamos dejar que llegasen al corazón de la arboleda.

»Y lo conseguimos, bien lo ves. Pero

pagamos un precio muy alto. El palacio de cristal está hechos añicos, no pudo resistir el calor que llegó hasta él. Y mis hermanas se desintegraron con las altas temperaturas, ahora sólo son polvo en el aire del bosque. Todavía siento su energía a mi lado, pero ellas ya no están aquí. Y yo tampoco estaría, si no fuese por ti, que viniste a ayudarme. Aunque no sé si hiciste bien o no. Quizá habría sido mejor que yo hubiera desaparecido con ellas.

—Pero si tú también desapareces, ¿quién cuidará ahora del bosque? ¿Ya no lo protegerá nadie? —intervino Diana.

—Tienes razón, perdona. No hagas caso de lo que he dicho, la verdad es que has hecho bien al salvarme —Goewín miró a la niña con ojos cargados de ternura—. Aunque, cuando cure, voy a tener que trabajar como nunca.

—¿Por qué?

—Pues porque tendré que formar otra familia de hadas. Y yo sola no puedo, tendré que pedir ayuda a las que viven en otros bosques.

—¿También tenéis que daros besos, y dormir juntas, para que nazcan más hadas?

—¡No, hija, no! Nosotras no somos como los humanos. Lo nuestro es más fácil; o más difícil, no lo sé.

—Pues cuéntamelo, anda.

—Verás: las hadas vivimos muchos años, pero también nos hacemos viejas. Llega un momento en que el cuerpo se nos pone rugoso y seco, como si la vida quisiera abandonarnos. Y entonces, un día nos deshacemos sin más. Nuestro cuerpo se vuelve polvo. Ese polvo lo ponemos en cajas llenas de tierra, en una estancia que tenemos en el interior del palacio. Y de ahí, al poco tiempo, nacen nuevas hadas. Brotamos como si fuésemos plantas. Así de sencillo, ya ves.

Como la niña seguía callada, Goewín continuó:

—De alguna manera, seguimos viviendo en las hadas nuevas. Como les pasa a todas las plantas y árboles que viven en el bosque. Ya ves que tampoco es tan extraño. Todo muere y todo nace, es ley de vida.

Diana continuaba en silencio, tratando de entender las cosas que el hada le estaba relatando. Después de un tiempo, dijo:

—Mi abuela me contó algo parecido. Siempre anda diciendo que se va a morir, que ya es vieja y no se va a quedar aquí toda la vida. Y yo le contesto que no puede morir, porque quiero estar siempre con ella. Un día me explicó que sería así si yo lo quería, que bastaba con que la tuviese siempre en la memoria. «Sólo morimos cuando nadie se acuerda de nosotros». Se me quedaron grabadas estas palabras que me dijo. Aunque a mí me parece que no es lo mismo.

El canto de un petirrojo llegó a los oídos de la niña. Diana levantó la vista y buscó entre los árboles de alrededor, hasta conseguir dar con él. Después miró el cielo, donde el sol ya estaba en lo más alto. El tiempo había pasado sin que se diese cuenta, y sus padres debían de estar al llegar. Tenía que volver rápidamente a su casa.

—Ya es muy tarde, tengo que irme. Si vuelven mis padres y no estoy, me van a regañar a mí y a mi abuela.

¿Quieres que te lleve otra vez a la madriguera de las ardillas?

—Sí, no me vas a dejar aquí tirada. Estoy mejor, pero todavía tardaré unos días en reponerme.

Diana volvió a coger al hada, con ternura, y la llevó al hueco del abedul. Cuando la vio instalada, le dijo:

—Mañana volveré, y seguimos hablando. Pero si no pudiese venir, no pienses que me olvidé de ti; será porque no me dejan. ¡Volveré, te lo prometo!

La niña echó a correr y se perdió entre los árboles. Desde el hueco, el hada la vio marchar, con pena. También ella deseaba que pasasen pronto las horas que faltaban para que llegase el día siguiente.

8

Diana se despertó con el ruido que hacían la gotas al golpear en los cristales. Hacía tanto tiempo que no lo escuchaba, que, al principio, no se dio cuenta de lo que ocurría. Cuando se levantó, pudo ver que el tiempo había cambiado durante la noche. Ahora llovía con fuerza, como si las espesas nubes grises que cubrían el cielo quisieran compensar toda la sequedad de las semanas anteriores.

Los padres de la niña recibieron la lluvia como una bendición, como un regalo largamente esperado. Incluso estaban de mejor humor, porque aquella agua no sólo acababa con el peligro de que se produjesen más incendios, sino que servía para que los campos reviviesen y los prados volviesen a tener hierba, después de aquella sequía tan prolongada.

Sin embargo, para Diana la llegada del agua era causa de preocupación. Sabía que, lloviendo de aquella manera, sería imposible que la dejasen acercarse al bosque. Y entonces, ¿cómo iba a hacer para proteger a Goewín?

La imaginó sola, metida en el agujero del abedul, esperando inútilmente a que ella apareciese para ayudarle a recuperar sus fuerzas. ¿Sería capaz de aguantar tanto tiempo sin ayuda? ¿Y si le ocurría algo? ¿Y si, por no poder salir de aquella madriguera, Goewín se desintegraba y se convertía en polvo?

Mientras pasaban las horas, mientras la lluvia caía y caía como si el cielo se abriese en un nuevo diluvio, Diana se iba poniendo cada vez más nerviosa, sin saber qué hacer. Ayudó en las labores de la cocina, fue con su padre a dar de comer a las vacas, jugó a las cartas con su abuela, trató de leer encerrada en su habitación... Pero las horas le pasaban cada vez más lentas, y el cielo estaba cada vez más oscuro, con las nubes detenidas encima del valle, empeñadas en vaciar sobre él toda el agua que llevaban. Tendría que resignarse, no había nada que hacer.

LLOVIÓ sin parar durante tres días interminables, que a Diana le parecieron eternos. Escampó al atardecer del tercer día. Aquella noche, la niña pudo ver algunas estrellas brillando entre las nubes, que se movían por el cielo como sombras gigantes.

A la mañana siguiente, el cielo estaba claro y limpio como acabado de estrenar. La tierra olía a mojado, y respirar aquel aire fresco alegraba el corazón. Entre las hierbas, el sol hacía brillar las gotas de agua como si fuesen pequeños diamantes.

Diana apenas podía contener su excitación; sentía que, después de tantos días, por fin podría acercarse al bosque. Como ya era incapaz de aguantar más, se atrevió a pedirlo abiertamente en el desayuno. Para su sorpresa, su padre no puso objeción alguna.

—Vete, anda —le dijo—, que ya veo que estás como un perro enjaulado, después de tantos días metida en casa.

—Pero llévate las botas de agua, que la hierba estará toda mojada —le aconsejó su madre—. Y vuelve antes de la hora de la comida, no hagas como otros días.

Diana tuvo que reprimirse para no gritar de alegría. Le echó una mirada cómplice a su abuela e hizo lo posible por disimular su impaciencia. En cuanto pudo, voló a su habitación, se calzó las botas y salió afuera. No tardó nada en llegar al camino que subía al Castro. Iba excitada, inquieta, con miedo de encontrar al hada en peor estado del que la había dejado hacía cuatro días.

Mientras subía, se fijó en que el agua había limpiado toda la superficie quemada, arrastrando la ceniza monte abajo. Seguía siendo un paisaje tan triste como el de un planeta sin vida, pero ya no producía aquella horrible sensación de tierra destruida. Además, a medida que se acercaba al bosque, se notaba que la lluvia había hecho revivir los árboles agostados por el calor; todo parecía reverdecer, como si una ola de vida hubiese atravesado la arboleda.

La niña llegó a la fuente casi sin respiración, ahogada por el esfuerzo que había hecho en la subida. Se aproximó al hueco del árbol, con la esperanza de ver allí a Goewín. Pero no había nadie esperándola y, cuando exploró el interior del agujero con las manos, comprobó que estaba vacío. El hada había desaparecido sin dejar rastro alguno.

Examinó los alrededores con la esperanza, y también con el temor, de encontrarla quién sabe en qué condiciones. Cuando ya estaba con el corazón en un puño, a punto de echarse a llorar, escuchó una voz que venía de su derecha:

—¡Pensé que no volvías, mala amiga! Pero aquí estás otra vez, por fin.

Diana se volvió, asustada. Frente a ella, volando como si fuese una mariposa gigante, estaba su amiga Goewín. Sin esperar a la respuesta de la niña, que la miraba admirada, el hada se desplazó por el aire y fue a posarse en una piedra de la fuente.

Cuando se detuvo, Diana pudo ver que en la espalda del hada habían crecido unas alas finísimas, como las de algunas libélulas que vuelan junto a los ríos. Y vio también que su pequeña amiga sonreía, con todo el aspecto de estar recuperada.

—¡Qué alegría me da el verte! ¡Temí que te hubieses desintegrado!

—Estoy bien, nunca me he sentido

mejor. El agua de estos días hizo maravillas conmigo, ella fue la que me curó en tan poco tiempo —como Diana se había quedado callada, mirándola con cara de felicidad y asombro, Goewín continuó—: ¿Te gustan mis alas? Las anteriores me las quemó el fuego, pero me volvieron a nacer otras nuevas.

Diana se acercó y, con la punta de los dedos, rozó aquellas alas de intenso color verde, finas y transparentes como si fuesen del más delicado tul. El hada le dejaba hacer, satisfecha. Un poco después, se puso de pie sobre la piedra y dijo:

—Todavía no te he enseñado lo mejor. ¡Mírame bien!

Diana la miró con atención, en aquel momento estaba dispuesta a aceptar cualquier cosa. Pero se quedó maravillada cuando vio que el cuerpo de Goe-

74

wín se iba haciendo más y más transparente, como una pompa de jabón que se desvanece, hasta desaparecer por completo. En la roca no se vio nada durante unos segundos. Después, ante el asombro de la niña, el cuerpo del hada se fue formando otra vez en el aire, como una aparición, hasta que volvió a ser visible del todo.

—¡Ya ves, la invisibilidad también me funciona a la perfección! —Goewín volvía a volar alrededor de Diana—. La verdad es que me siento llena de ganas de vivir. Y todo, gracias a ti.

—Entonces, ¿ya no quieres que venga más? —en la voz de Diana había un tono de desilusión.

—¿Cómo no voy a querer? ¡Al revés, me encantará que vengas! Y así aprovecho estos días contigo para saber más cosas sobre los seres humanos.

Diana no sabía qué decir, parecía como si se hubiese quedado sin palabras, aunque por dentro le bullían un montón de preguntas. En cambio, Goewín no paraba de hablar:

—¡Esta lluvia le ha hecho mucho bien al bosque! Los animales están volviendo, y muy pronto lo han de hacer los seres del mundo mágico. Aunque los trasgos se podrían quedar lejos para siempre, así nos libraríamos de una vez de sus bromas pesadas.

—¿Los trasgos? —preguntó Diana—. Mi abuela siempre dice «anda, sal de ahí, que eres como el trasgo». Pero yo pensaba que no existían.

—Ay, si por ti fuese no existiría nadie —le atajó Goewín—. Ni los trasgos, ni las hadas, ni siquiera los nuberos, que anduvieron estos días todos revueltos. ¡Voy a tener que contarte muchas cosas, vas a saber lo que ningún humano imaginó! Así que tenemos que aprovechar bien estos pocos días.

—¿Por qué dices «estos pocos días»?

—Pues porque voy a mandar un aviso a las hadas del monte Carballo, tienen que venir a ayudarme. Debemos crear una nueva familia, reconstruir el palacio de cristal, cuidar todo lo que se estropeó en el bosque. ¡Nos va a sobrar trabajo! Y después, cuando todo vuelva a ser como antes, tú y yo no podremos vernos nunca más.

9

Desde aquella mañana, las visitas de Diana al bosque se hicieron diarias. La fuente era el lugar habitual de encuentro con Goewín, aunque el hada, como ya se movía libremente por el bosque, a veces iba a esperarla al comienzo del camino.

Nunca se sentaban, sino que pasaban el tiempo andando, o persiguiéndose por todos los rincones. Algunas veces se cruzaron con gente que subía al Castro, pero el hada tenía como un sexto sentido y sabía desvanecerse en el aire al momento, y desaparecer de la vista de todos.

Con todo, lo que más hacían era hablar. Como si a las dos les diesen cuerda, se enfrascaban horas y horas en un juego interminable de preguntas y respuestas. Aunque Goewín era la que más preguntaba, interesada como estaba en saberlo todo sobre Diana, y sobre su familia, y sobre todas las otras personas que conocía.

Y Diana respondía a aquellas preguntas con toda libertad, consciente de que era como estar hablando consigo misma, porque sus palabras solamente llegarían a los oídos del hada. Le habló de su padre, casi siempre de mal genio, agobiado por los problemas de la granja y por las deudas que tenía que afrontar. Le habló de su madre, tan callada, que lo había abandonado todo para vivir con su marido, y que sólo conservaba de su vida anterior la pasión por la fotografía. Y le habló mucho de su abuela, su amiga cómplice, la persona que desde siempre había sostenido la vieja casa familiar.

—Lo que no acabo de entender bien es por qué tus padres dejaron la ciudad —le dijo una vez Goewín.

—Mamá me lo explicó un día —contestó Diana—. Papá trabajaba, ya desde antes de casarse con ella, en una fábrica en la que construían barcos. Pero la fábrica cerró y lo despidieron. Fue entonces cuando volvió aquí y, con el dinero que le dieron, puso en marcha la granja.

—¿Y tu madre? Ella había vivido siempre en la ciudad.

—Siempre, sí. Pero la abuela estaba sola, mi abuelo había muerto hacía poco. Y a los dos les pareció una buena idea volver y trabajar en la granja y las tierras. Mi abuela sola no podía con todo.

—Entonces, ¿cuál es el problema?

—Mira, no lo sé bien. Muchas veces callan delante de mí. Pero escucho cosas, y mucho se debe a lo de la leche, por la que nos pagan cada día menos; dicen que sobra, que en Europa ordenan que nos quedemos con pocas vacas. La única que está siempre de buen humor es mi abuela, no sé cómo lo consigue.

—Por lo que dices, tu abuela es formidable.

—Sí que lo es, te lo juro. Y a mí me defiende siempre cuando me regañan, es la que mejor me entiende —Diana se quedó callada, pero después añadió—: ¿Sabes que estos días anda un poco mosca conmigo? Todavía ayer me dijo: «No sé qué harás tú todo el día en el bosque; ni que te hubiese encantado la maga del Castro».

—¡La maga del Castro! Que no te parezca mal, pero tu abuela está un poco atrasada —la interrumpió el hada—. Hace ya muchos años que la maga se marchó. Yo antes la veía mucho; venía aquí, al lado de la fuente, a peinarse a diario con su peine de oro, y esperaba a que pasase algún joven por el camino. Era muy seductora, los hombres siempre caían a sus encantos. Pero hace años que se marchó de aquí y nadie volvió a saber más de ella.

DE esta manera, entre juegos y charlas, se les fueron pasando los días. Conforme se acercaba el fin del verano, el colegio comenzó a aparecer en sus conversaciones. Muy pronto empezarían las clases y Diana tendría que coger el autobús y pasar casi todo el día en la escuela. La niña le habló de sus amigas, de la profesora que había tenido en el curso pasado, del alboroto que siempre se montaba en el comedor...

—Mi profesora es buena, no sé si la tendré también este año —comentó Diana un día—. Por las tardes, siempre nos cuenta cuentos muy bonitos. Algunos hablan de trasgos, y también de hadas. Pero las hadas de los cuentos no se parecen nada a ti.

—¡Mujer, lo raro sería que se pareciesen! ¿No te dije que tú eres el primer ser humano que ve a una de nosotras?

—Mi profesora dice que sois seres

fantásticos —insistió Diana—, que sólo existís en la imaginación de la gente.

—No me extraña que tu profesora diga eso: desde hace años nuestros mundos se están separando a velocidades vertiginosas. Por eso sabéis cada vez menos de nosotras —miró hacia Diana y añadió—: Y nosotras de los humanos, no te creas. Por eso, para mí, éste será un verano que nunca olvidaré.

La niña se calló. Se sentía orgullosa por lo que Goewín decía, pero sabía que no sólo el hada iba a acordarse de aquel verano en el futuro. También en su memoria iba a quedar grabado para siempre.

10

Un día, Diana subió al Castro, como solía, y encontró a Goewín más seria que de costumbre, con un aire de tristeza en los ojos. Cuando le preguntó si le pasaba algo, el hada respondió:

—Mañana llegan mis hermanas. Me han mandado aviso por el trasgo de Alqueidón. Así que vamos a tener que dejar de vernos.

—¿Dejar de vernos? ¿Ya no podré venir más?

—Ven siempre que quieras, sé muy bien que te gusta andar por aquí

—contestó el hada—. Pero no podremos vernos como hasta ahora. Acaba el verano; tú tienes que volver al colegio y yo tengo que volver a mi vida de siempre.

—Puedo subir los días en que no tenga clase —insistió Diana.

—Sube siempre que quieras, ya te lo he dicho. Pero yo tendré que ser invisible, también para ti. Así son nuestras leyes. Mis hermanas no me permitirían otra cosa.

—¡Cuéntales la verdad, diles que te salvé la vida!

—Claro que se lo voy a contar, pero sólo una parte. Les diré que me ayudaste, pero que desaparecí tan pronto como no necesité de ti. Lo otro no lo entenderían.

—Entonces, ¿ésta es la última tarde

que pasamos juntas? —preguntó Diana, resignada ante lo inevitable.

—Conmigo visible, sí. Pero estaré cerca de ti siempre que vengas al bosque, lo sabes bien.

AQUELLA tarde estuvieron jugando hasta que casi se hizo de noche. Querían aprovechar aquel tiempo precioso que ahora parecía tan corto, exprimirlo hasta el último minuto. Cuando los árboles fueron solamente una mancha gris y comenzaron a aparecer en el cielo las primeras estrellas, Goewín dijo:

—Tienes que irte. Te van a regañar en casa.

—Me da igual. Aunque me regañen, yo quiero estar contigo.

—¡Mira que eres tonta! —contestó el

hada con cariño—. ¡A ver si tengo que enfadarme para que te vayas...!

—¿Y con quién voy a hablar ahora, si no estás tú? —insistió la niña.

—«Con quién voy a hablar», «con quién voy a hablar» —ahora Goewín imitaba en son de burla las palabras de Diana—. Pues con tus padres, y con tu abuela, y con los amigos y amigas que tienes en el colegio. ¡Te sobra gente con la que hablar!

—¡Pero yo lo paso muy bien contigo!

—Nuestros mundos no se pueden mezclar, ya te lo he dicho; son como dos líneas paralelas. Esto que hemos hecho tú y yo es una excepción. ¿Lo entiendes, verdad?

Diana no respondió. Cogió en brazos al hada, aquel ser diminuto que había acabado por convertirse en su mejor amiga. La acarició como si fuese una

muñeca, y después la puso de pie en la palma de su mano.

—Adiós, Goewín. Conocerte ha sido lo más bonito que me ha pasado en toda mi vida.

—Adiós, Diana. Y no me olvides nunca —le dijo el hada sonriendo.

Después, el cuerpo de Goewín se fue desvaneciendo, como una pompa de jabón antes de deshacerse. Lo último que desapareció fue su sonrisa, que quedó flotando en el aire, sola, durante un breve instante. En cuanto se disipó, Diana se encontró otra vez sin compañía en medio del bosque. Sabía que Goewín estaba allí, a su lado, pero era ya imposible comunicarse con ella. Sintió un nudo en la garganta y unas intensas ganas de llorar, pero luchó hasta conseguir reprimirlas. Después, sin mirar atrás, se dio la vuelta y echó a correr monte abajo, camino de su casa.

11

Pocos días después comenzó el colegio y todo cambió en la vida de Diana. Ahora había que levantarse temprano, caminar hasta la parada del autobús y, en compañía de otros niños y niñas que iban subiendo a lo largo del trayecto, hacer el largo viaje diario hasta el colegio. Y había que permanecer en clase, que era donde mejor se pasaba, y donde estaban Iria, y María, y Ana, y todas sus amigas de años anteriores. Este curso estaban en cuarto, con una nueva profesora que tenía siempre una mirada alegre y hacía que las horas pasasen sin sentir. Pero Diana se quedaba a comer en el colegio, y las horas entre la comida y el momento de subir otra vez al autobús sí que se le hacían interminables. Así, cuando llegaba de vuelta a su casa, ya era muy tarde y apenas le quedaba tiempo para nada.

Subir al bosque era ahora un deseo imposible. Solamente en los fines de semana, si no llovía, podía escapar hasta allí y caminar entre los árboles, que ya habían cambiado su color verde por otros amarillos, rojizos o castaños, que anunciaban la llegada del otoño. Diana caminaba despacio por los senderos, con un cuidado como nunca había tenido, con miedo de que sus pasos pudiesen afectar al palacio de cristal, que quizá las hadas ya habían reconstruido y que, según Goewín le había explicado, ocupaba una buena parte del subsuelo del bosque. A veces, la niña se detenía y volvía la cabeza de repente, deseosa de pillar al hada por sorpresa, pero siempre era inútil. O bien Goewín no andaba por allí o, si andaba, no quería dejarse ver.

LLEGÓ después el tiempo del invierno. Ahora Diana se levantaba todavía de noche y volvía a casa cuando ya casi había oscurecido otra vez. En el bosque, todos los árboles habían ido perdiendo sus hojas. Desde la ventana, la niña los veía así, con la ramas desnudas, y no podía evitar un sentimiento de tristeza. Ya ni tan siquiera se atrevía a subir, porque las lluvias habían anegado algunas zonas del monte y habían dejado todos los caminos llenos de barro. No quedaba más remedio que esperar a que pasasen aquellos días de frío y de lluvias interminables.

Una mañana, todo el paisaje apareció blanco, cubierto por la nieve. Aquel día el autobús de la escuela no pudo pasar a recogerla, y Diana se quedó en casa, y también los dos días siguientes. Fueron unas jornadas especiales, como si el tiempo normal se detuviese y todo pudiese ser distinto. Sus padres parecían personas diferentes; tenían tiempo para jugar a tirarse bolas de nieve, para construir un enorme muñeco en el camino de la huerta o para sentarse sin prisas alrededor de la mesa, y contar historias de cuando eran jóvenes... Diana, feliz, pensaba que quizá el hada estaría también escondida bajo tierra, en su palacio de cristal, maravillada con aquel paisaje blanco que era como un regalo inesperado.

PASARON aquellos días de nieve, y también las interminables semanas de frío y lluvia que vinieron después. Las tardes fueron haciéndose más largas, y ahora el sol todavía estaba en el cielo cuando Diana volvía a su casa.

Un día, al bajar del autobús, escuchó el canto del cuco. Diana sonrió; sabía que eso significaba que la primavera ya estaba en puertas, como un torrente imposible de parar. Y muy pronto se empezó a manifestar en los prados, que se llenaron de pequeñas margaritas, en los brotes de los árboles, que reventaban dejando asomar las nuevas hojas, y en el piar alegre de los pájaros. El paisaje oscuro del bosque aparecía ahora dominado por una gama de verdes intensos y delicados, a medida que los árboles iban cubriéndose con hojas nuevas.

El sábado siguiente, cuando Diana abrió la persiana y vio cómo una luz alegre llenaba su habitación, sintió que aquel era el día en que tenía que subir otra vez al bosque. Temerosa de que no la dejasen ir, pasó las horas de la mañana ayudando sin descanso en los trabajos de la casa. Después, cuando los cuatro se sentaron a comer, aprovechó la primera oportunidad para pedirles a sus padres que la dejasen ir al Castro; hacía mucho tiempo que no subía y quería ver cómo estaba todo.

Consiguió el permiso después de prometer que iría abrigada y que no volvería tarde. Tuvo que disimular la excitación que sentía por dentro, ante la perspectiva de recorrer otra vez los senderos del bosque, después de tantos meses en los que se había tenido que contentar con verlo sólo de lejos, a través de los cristales de su ventana.

Todavía hacía fresco, pero ya no era el frío desagradable del invierno. Conforme subía, Diana iba viendo cómo una capa de hierba, salpicada de tojos y retamas, había cubierto de nuevo el terreno quemado. Incluso había algunos pequeños robles, recién nacidos, que anunciaban la intensidad con que brotaba otra vez la vida.

Cuando la niña llegó arriba, se echó a correr en dirección al claro donde estaba la fuente. El agua manaba con fuerza entre las piedras, y formaba un gran charco que se estiraba y se convertía en un arroyo que bajaba después por la ladera del monte. Diana miró hacia todos los lados; aunque ya sabía que era imposible, le desilusionó comprobar que no había ningún rastro de Goewín.

Recorrió después los senderos del bosque, aquellas venas minúsculas que lo atravesaban en todas las direcciones. Miraba todo con tanto asombro como si lo estuviese viendo por primera vez, maravillada ante el espectáculo de una naturaleza que renacía irrefrenable.

Cerca de un castaño, Diana vio que habían nacido unas pequeñas flores de intenso color violeta. Se acercó a ellas y se agachó para poder contemplarlas mejor. Fue entonces cuando escuchó un pequeño ruido a su espalda, como un rumor extraño que no sabía identificar.

Se volvió y miró a su alrededor, pero no había nada. Sin embargo, frente a ella, el rumor que había escuchado iba aumentando cada vez más, hasta hacerse muy intenso, como si vibrase todo el aire que la rodeaba. Diana estaba paralizada, sin saber qué hacer, mientras sentía que el miedo comenzaba a dominarla.

12

Y entonces ocurrió. Poco a poco, de la misma manera como aparecían las imágenes en el papel de la cubeta cuando su madre revelaba las fotos, fueron haciéndose visibles muchas, muchas hadas, tantas que Diana no podría contarlas. Aunque todas ellas tenían la forma y el tamaño de Goewín, no había dos iguales. Todas sonreían y miraban a la niña, mientras volaban a su alrededor.

Diana permanecía quieta, con la boca abierta, incapaz de decir ni una palabra. Nunca, ni en sus sueños más fantásticos, había imaginado una visión tan extraordinaria como aquélla. En un momento dado, como si fuesen integrantes de un ballet, las hadas que tenía delante se separaron y abrieron un pasillo entre ellas. Por ese pasillo, la niña pudo ver cómo Goewín avanzaba hacia ella y se posaba en sus manos, que había extendido de forma casi inconsciente.

—¡Hola, Diana! Cuando nos despedimos el año pasado, las dos pensábamos que era la última vez que nos veríamos. Me alegra saber que estábamos equivocadas.

Goewín sonreía con gesto pícaro, mientras Diana seguía paralizada por la sorpresa. Aquel ser mágico señaló a todas las hadas que revoloteaban en el aire y añadió:

—Éstas son mis hermanas, la nueva familia que cuida de este bosque. Les conté todo lo que hiciste por mí para salvarme. Y fueron ellas las que quisieron que viniésemos todas y nos hiciésemos visibles, a pesar de que lo tengamos prohibido. «¡Las reglas también están para incumplirlas!», me dijeron. Teníamos que agradecértelo, porque gracias a ti existimos y podemos hacer que el bosque no muera.

El ruido de las alas se hizo más fuerte. Y la sonrisa de todas aquellas hadas ganó en intensidad. Entonces Goewín se puso en el hombro de Diana y le habló al oído:

—¿Sabes que has crecido mucho este invierno? Será una hermosura verte de aquí a unos años, si es que sigues viniendo por el bosque —le dio un beso en la mejilla y añadió—: Ésta sí que va a ser la última vez, pero ya sabes que yo estaré aquí siempre. No me olvides nunca, Diana, recuerda lo que decía tu abuela.

—Adiós, Goewín —dijo Diana en voz baja, mientras con la mano acariciaba el cuerpo del hada—. Aunque quisiera, no podría olvidarme de ti.

El hada se echó a volar de nuevo, se separó de la niña y volvió con sus hermanas. Durante unos instantes, Diana pudo ver cómo aquellos seres brillaban con colores intensos, maravillosos e irrepetibles, como si el sol los iluminase de un modo especial. Después, fueron desvaneciéndose en el aire y desaparecieron de su vista.

Diana se sentía como si acabase de despertar de un sueño, con aquellas imágenes prodigiosas bailando todavía en sus ojos. Sabía bien que todo había sido real, aunque fuese un secreto que sólo ella podía conocer. Y sabía también que todo volvía a estar en su sitio. El bosque revivía otra vez con fuerza, como cada año, como tenía que pasar siempre mientras las hadas estuviesen allí para protegerlo y cuidar de él.

ESTUVO caminando entre los árboles hasta que escuchó, a lo lejos, la voz de su madre que la llamaba. Entonces echó a correr monte abajo, en dirección a su casa. Mientras bajaba, con el rabillo del ojo se fijó en los pequeños robles que brotaban en el espacio por el que antes se extendían los pinos. Parecía como si el bosque se preparase para ocupar otra vez el territorio que siempre le había pertenecido. Una sonrisa de felicidad se dibujó en el rostro de Diana. Como el bosque, también ella se sentía llena de ganas de crecer y de vivir.

Si te ha gustado este libro, también te gustarán:

Los batautos, de Consuelo Armijo

El Barco de Vapor (Serie Azul), núm. 91

Los batautos son unos seres verdes, con orejas al principio de la cabeza y pies al final del cuerpo. Es posible que haya batautos en el planeta Marte, o en Júpiter, o quizá debajo de vuestra cama (mirad por si acaso).

Regalos para el rey del bosque, de Joan Manuel Gisbert

El Barco de Vapor (Serie Azul), núm. 101

Los habitantes del bosque reciben una gran noticia: el rey va a ir a visitarlos. No pueden quedar mal. Aunque todavía no lo conocen ni saben de qué animal se trata, tienen que ofrecerle regalos de bienvenida. Seguro que el que haga un regalo más fabuloso, será nombrado consejero real.

Chinto y Tom, de Gloria Sánchez

El Barco de Vapor (Serie Azul), núm. 105

Chinto y Tom han heredado de su tía una cama y un campo en lo alto de una colina. Aquel es un buen lugar para vivir, entre el valle y el mar, así que deciden construirse una casa...